chiffe und Ladungen

Zufällige Schiffsgrössen

3 Elixier-würfel	Grösse	Mögliche Typen
3-4	1	Feluke
5-6	2	Feluka, Fusta
7	3	Fusta, Galeere
8	4	Fusta, Galeere, Schoner/Brigg
9	5	Galeere, Schoner/Brigg, Polacker/Schebecke
10	6	Galeere, Schoner/Brigg, Polacker/Schebecke, Galeasse
11	7	Polacker/Schebecke, Galeasse, Fregatte
12	8	Galeasse, Fregatte, Galeone
13	9	Fregatte, Galeone, Linienschiff
14	10	Galeone, Linienschiff
15	11	Linienschiff

Wettereinflüsse

W6	Wetterbedingung	Auswirkung
1	Rückenwind	+2
2–3	Normale Windgeschwindigkeit	+0
4–5	Gegenwind	−2
6	Sturm, Flaute	−5

Übersicht: Typische Modifikatoren

Größe	Wendigkeits-modifikator	Schnelligkeits-modifikator
1	+5	−5
2	+4	−4
3	+3	−3
4	+2	−2
5	+1	−1
6	0	0
7	−1	+1
8	−2	+2
9	−3	+3
10	−4	+4
11	−5	+5

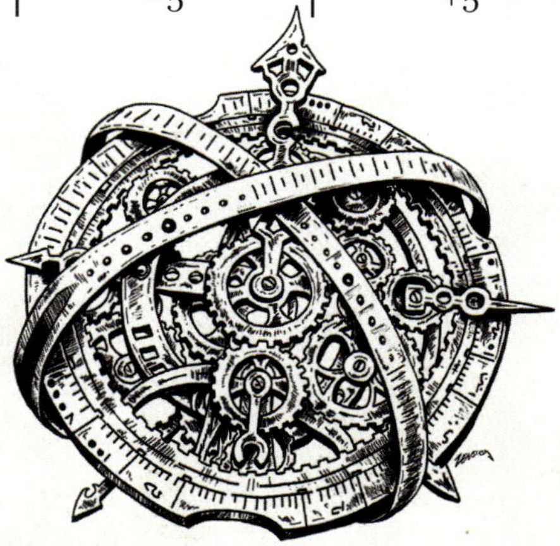

Reisen zur See

Seereise	Etappen
Kurze Distanz entlang der Küste (z. B. Thessaloniki bis Athen)	1
Kure Distanz über ein Gewässer (z. B. Athen bis Konstantinopel)	2
Mittlere Distanz über ein Gewässer (z. B. Venedig bis Alexandria)	3
Lange Distanz über ein Gewässer (z. B. Gibraltar bis Zypern)	4
Über einen Ozean (z. B. Gibraltar bis New York)	5

Flussreise	Etappen
Kurze Distanz flussabwärts (z. B. Köln bis Duisburg)	1
Mittlere Distanz flussabwärts (z. B. Köln bis Unthote Marschen)	2
Lange Distanz flussabwärts (z. B. Freiburg bis Köln)	3
Fahrt über mehrere Flüsse (z. B. Bayreuth bis Köln)	4
Länderübergreifende Fahrt (z. B. über die Donau von Ungarn bis ans Schwarze Meer)	5
Flussaufwärts:	+1

Typische Waren im Mare Monstrum

W8/W6	1	2	3	4	5	6
1	Olivenöl	Post	Nüsse	Lampenöl	Glaswaren	Käse
2	Oliven	Bauholz	Metallerz/-barren	Passagiere	Pelze	Rohwachs
3	Kerzen	Baumwolle	Schießpulver/Waffen	Edelstein	Wolle	Stoffe
4	Gewürze	Fisch	Fleisch	Getreide/Gemüse	Obst	Elfenbein
5	Keramik	Seide	Alaun	Farben	Alkohol	Edelhölzer/ Möbel
6	Wein	Schmuck	Honig	Seile	Kaffee	Tabak
7	Rüstungen	Perlen	Leinen	Pech	Weihrauch	Teppiche
8	Meeresfrüchte	Devotionalien	Opium/Drogen	Artefakte	Leichen	Alchemistische Zutaten

Grössenvergleich typischer Mittelmeerschiffe

Schiffstyp	Durchschnittsgröße	Wendigkeit	Schnelligkeit	Besonderheit
Feluke	2	+5	−3	Erlaubt das Befahren von größeren Flüssen.
Fusta	3	+3	−3	Erlaubt das Befahren von größeren Flüssen.
Galeere	4	+3	−1	Wegen der gewaltigen Mannschaft zählt die Schiffsgröße beim Berechnen des Unterhalts als um 1 höher.
Schoner/Brigg	5	+1	−1	Keine
Polacker/Schebecke	6	0	0	Keine
Galeasse	7	0	−1	Wegen der großen Mannschaft zählt die Schiffsgröße beim Berechnen des Unterhalts als um 1 höher.
Fregatte	8	0	+2	Keine
Galeone	9	−2	+2	Wegen der starken Bewaffnung zählt die Schiffsgröße beim Berechnen des Unterhalts als um 1 höher./Bonus von +1 auf Schiffsnavigation beim Abfeuern der Bordkanonen.
Linienschiff	10	−3	+3	Wegen der starken Bewaffnung zählt die Schiffsgröße beim Berechnen des Unterhalts als um 1 höher./Bonus von +2 auf Schiffsnavigation beim Abfeuern der Bordkanonen.

Zufallsgenerator

Zufällige Orte bestimmen

W6/W6	1	2	3	4	5	6
1 | Venezianische Einflusssphäre	Venedig	Venedig	Napoli di Romania (Morea)	Koroni (Morea)	Modon (Morea)	Candia (Kreta)
2 | Osmanisches Reich	Konstantinopel	Konstantinopel	Gelibolu	Çanakkale	Sitia	Smyrna
3 | Griechenland	Athen	Thessaloniki	Manastir	Retimo	Lefkosa	Patras
4 | Inseln	Lesbos	Naxos	Chios	Limnos	Amorgos	Ios
5 | Hafenstädte	Girne	Antalya	Gennadi	Rhodos-Stadt	Izmir	Milos
6 | Entfernte Ziele	Malta	Alexandria	Tripoli (Levante)	Tripoli (Nordafrika)	Şenj (Uskoken)	Genua

NSC-Namen-Generator (weiblich)

W6/W6	1	2	3	4	5	6
1 | Türkisch	Asul	Sara	Safiye	Fatima	Selime	Ayse
2 | Griechisch	Chrysa Erastidou	Evangelia Plaiodimitrios	Galatia Karatasos	Io Stavridakis	Katerina Cosmatos	Mara Theodorakis
3 | Europäer	Eleonore von Beilstein	Isabella de Alvarado	Johanna von Egolffstein	Maria de Narváez	Rosalia de Tournemine	Teresa du Guesclin
4 | Venezianisch	Anna Dal Candiano	Donna Orseolo	Doretta Participazio	Elisabetta Malespini	Maddalena Ruzzini	Zilia Rossi
5 | Antik	Alkmene	Chaldene	Daphne	Elektra	Helena	Medea
6 | Vermischt	Adeeba	Mayla	Esther	Judith	Tamara	Svetlana

NSC-Namen-Generator (männlich)

W6/W6	1	2	3	4	5	6
1 | Türkisch	Abbas	Ali	Hasan	Murad	Mustafa	Yusuf
2 | Griechisch	Christos	Ernestos	Grigoris	Kostas	Leonidas	Milos
3 | Europäer	Bernhard von Löwenstein	Friedhelm Drach	François de La Porte	Julius de la Gardie	Antonio Moctezuma	Francisco Fernández de Luna
4 | Venezianisch	Argiro Boscolo	Franscesco Guardi	Girolamo Moro	Loredano Rossi	Todaro Zanetti	Frigo „Frederico“ Dal Farra
5 | Antik	Ajax	Castor	Hektor	Iolaos	Leander	Nessos
6 | Vermischt	Tarek	Adam	David	Levon	Gabriel	Jonathan

Typische Berufe

W6/W6	1	2	3	4	5	6
1	Krämer	Matrose	Hafenarbeiter	Gemüseverkäufer	Seilmacher	Fischer
2	Goldschmied	Dragoman	Pferdehändler	Viehtreiber	Bauer	Schmied
3	Korbflechter	Kesselflicker	Tänzer/Bauchtänzerin	Steuereintreiber	Fälscher	Dieb
4	Priester/Imam	Mönch	Derwisch	Soldat	Astronom/Astrologe	Wahrsager
5	Offizier	Grabräuber	Buchdrucker/-binder	Tagelöhner	Bettler	Assassine
6	Kapitän	Wesir	Weber	Teppichhändler	Gelehrter	Schatzjäger

Schottland
Hexxen
1733

HeXXen
1733

LISSABON
traße von Gibraltar
HeXXen 1733

Marino,
treuer Jünger der Geschwister des Orakels von Chora.
Der Segen der Stimme sei mit dir.
Mögen deine Wege Licht ins Dunkel des Vergessens bringen
im Angesicht der Ewigen Erleuchtung.

Hiermit ersuchen wir dich, die auserwählte Zielperson in Napoli di Romania zu kontaktieren und sie mit folgendem Auftrag zu entsenden: Sie soll ihre Verbindungen zu der Vereinigung von Schatzjägern nutzen, um in der Gasse der Wunder ein Artefakt von der Mutter des Gerümpels zu erwerben, welches vor Kurzem in Konstantinopel erschien.
Wir glauben, dass es sich um eines von fünf Schlüsselfragmenten handelt, welche im Zusammenhang mit dem Rätsel des Guillaume de Borgonde stehen. Vor deiner Abreise sei dir gestattet, die wirren Notizen de Borgondes in der Bibliothek des Klosters von Amorgos zu sichten und es in einer dir gefälligen Sprache aufzuschreiben.
Deine weitere Aufgabe wird darin bestehen, das Rätsel zu entschlüsseln oder nach Hinweisen zu suchen, die uns bei ebendiesem Vorhaben helfen. Deine Notizen dürfen auf keinen Fall in die Hände unserer Feinde fallen, also sei bereit, sie schnell zu vernichten, falls Unbill droht.
Wenn die Schatzjägerin aus Konstantinopel zurückgekehrt ist und dir den Schlüssel ausgehändigt hat, trete unverzüglich die Heimreise nach Amorgos an. Entlohne die Handlangerin mit dem vereinbarten Preis in Höhe von 1000 Piastern und nimm weitere 300 für deine persönlichen Ausgaben mit. Versuche nicht, die Frau zu übervorteilen, da wir nicht wollen, dass unser guter Ruf beim Schatzjägerring leidet.
Sei vorsichtig. Der Verräter Marcos Papadakis hat unserer Kenntnis nach das Wissen um den Schatz der Tempelritter an den abscheulichen Korsaren Feysal Bey verkauft. Wie wir diesen einschätzen, hat er Marcos sicherlich getötet, anstatt ihn auszuzahlen. Wir glauben, dass Feysal Bey ebenfalls von dem Schlüsselfragment in Konstantinopel gehört hat oder dies in Bälde tun wird und sich dorthin begibt. Eile ist angeraten, zumal der Korsar einen Pakt mit dem Dāʿī der Assassinen von Ägypten geschlossen hat. Was dies bedeutet, kannst du dir mit Sicherheit selbst ausmalen.

Mögen die Götter dich beschützen
K.

Handout Mare Monstrum #2– Hingekritzelte Notizen auf italienisch

G. vermischt in seinen Notizen geschichtliche Ereignisse mit Lebenserfahrungen. Als ob er die Jahrhunderte persönlich erlebt hätte. Muss ein schräger Vogel gewesen sein.

Keine Notizen vor 1270. Begeisterung für Kreuzritter. G. sieht sich offenbar der Tradition der Templer verpflichtet. Romantische Verklärtheit oder Senilität?

G. spricht häufig von vier Freunden, die er als Ritterbrüder bezeichnet. Andere Freunde der Templer? Gar ein Geheimbund? Der Templerorden wurde 1312 vom französischen König aufgelöst. Sollten Teile überlebt haben?

Dieser Fakt scheint historisch nicht belegt: Nach Abzug der Templer aus Outremer sollen sie einen Schatz mitgenommen haben, der nie in Frankreich ankam. Erste Animositäten mit dem König. Kein Datum angegeben. Ich vermute 1303 oder 1304. Letzte Templerfeste Aruad wurde 1302 aufgegeben.

Heilige Lanze von Antiochia. G. scheint ein Faible für Mythen zu haben. Fehlt noch, dass er den Heiligen Gral erwähnt.

Um den Schatz zu wahren, ward ein Schlüssel geformt, der das Tor öffnet." Meine eigene Übersetzung der lateinischen Passage. Interessant. Wenn es den Schatz wirklich gab, muss er heute ein Vermögen wert sein. Kein Wunder, dass Schwester K. so begierig auf den Schatz ist.

Der Schlüssel ward aufgeteilt in fünf Teile, und ein jeder ward gegeben einem der Ritter." Dieser Satz scheint keinen Sinn zu ergeben. Der Schlüssel, den A. im Besitz von G. fand, sah nach einem normalen Schlüssel aus, wenngleich seltsam geformt. Aber nicht wie ein Bruchstück. Vielleicht sinnbildlich? Jeder Ritter ein Schlüssel, zusammen also fünf.

Ein Geheimnis, das ein jeder mit ins Grab nahm." War G. ein Grabräuber? Er plündert ein Grab, findet den Schlüssel und Hinweise auf die anderen. Reine Spekulation. Aber plausibel. Würde erklären, warum er das Felsenkloster zuletzt nicht verließ. Vielleicht wurde er verfolgt.

Hier wird es spannend, angeblich die Standorte der anderen Schlüsselteile. Natürlich in Rätselform.

Insel der Frommen. Rückkehrer aus dem Heiligen Land. Gesichert hinter hohen Mauern, den Mameluken trotzend. Insel der Sonne. Des wahren Glaubens Eiland. Tief verborgen im sakralen Schatten der Trutzburg ruht das Grab Gilbert de Chartres."

Interpretation: Da G. versessen auf die Templer war, kann es sich bei den Frommen nur um diese handeln. Doch der Orden wurde aufgelöst. Sollte Aruad gemeint sein, die Insel vor der syrischen Küste? Wurde von den Templern bis 1302 gehalten. Aber wurde der Schlüssel nicht später geformt?

Insel des geflügelten Löwen. Wo der Orient auf den Okzident trifft. Vor 1400 zehnmal aufbegehrend und zehnmal niedergeschlagen. Wo alte Säulen die Zeiten überstehen. Auf ewig schlummernd in den Bergen, der tapfere Ritter Sir John-Arthur Baron of Clinton, Streiter für die Unterdrückten."

Interpretation: Der geflügelte Löwe kann nur der Markuslöwe Venedigs sein. Eine Insel oder ein Ort, der von Venedig gehalten wurde? Trifft leider auf sehr viele Inseln zu. Heute noch Morea und Kreta, damals auf viele weitere Ort. Aufstände gab es früher ebenfalls viele. Und alte Säulen findet man selbst auf dem kleinsten Eiland.

Stolze Säulen in der Oberstadt. Altäre reicher Götterwelten, dem Heiden Ort der Anbetung. Godewyn de Mol, begraben im goldgelben Lichte in des Berges Eingeweide. Der richtige Wind zeigt den Weg."

Interpretation: Eine Oberstadt wurde von den alten Griechen als Akropolis" bezeichnet. Davon gab es viele, die bekannteste sicher in Athen. Doch kann G. wirklich Athen meinen, wo die Stadt doch von den Venezianern beschossen und zerstört wurde? Und was ist mit dem goldgelben Lichte gemeint? Vielleicht Kornfelder? Solche gibt es nicht im felsigen Umland Athens. Worauf sich der richtige Wind bezieht, ist mir völlig schleierhaft.

Lateinisches Königreich von Wellen umschlossen. Das Herz des Löwen legte den Grundstein. Wo die Kauffahrerrepubliken ihren Krieg ausfochten, bis zunächst die westliche gewann. Wo die Spuren der Templer im Staube vergehen. Armand de Sonnac, mein treuer Freund, möge es dir im Grabe besser ergehen."

Interpretation: Mit Sicherheit ist eine Insel gemeint. Das Herz des Löwen" deutet erneut auf die Flagge der Serenissima hin. Wird nicht ohne Grund auch Löwenrepublik genannt. Mit den Kauffahrerrepubliken können folglich nur Venedig und Genua gemeint sein. Doch diese fochten viele Kriege um viele Inseln aus. Es fehlt ein eindeutiger Hinweis. Oder übersehe ich etwas?

Quintilis, Anno Domini 1302

Die Mameluken belagern uns seit Wochen. Unsere Nahrungsmittel gehen zur Neige. Der Brunnen in der Feste Aruad mag uns noch mit süßem Wasser versorgen, doch wir Ritter leben nicht von Wasser allein. Wir hoffen auf die Ankunft der Flotte. Aber niemand weiß, ob Zypern die Nachricht vom Angriff der ägyptischen Schiffe erhalten hat. Wir werden Aruad aufgeben müssen. Es schmerzt mich. Mit Aruad fällt nicht nur die letzte Bastion unseres Ordens. Auch die Kreuzfahrerstaaten hören damit auf zu existieren. Der Traum des christlichen Morgenlandes ist ausgeträumt. Nach 200 Jahren fällt Outremer, und die Heiden herrschen wieder über das Heilige Land. Meine letzte Aufgabe wird es sein, einen Ausfall zu wagen. Mit vier Brüdern werde ich morgen aufbrechen, um mit einem Boot einen kleinen Teil des Schatzes in die Heimat zu bringen. Auch das Artefakt ist darunter, sowie 2000 Bezanten und vielerlei weitere Güter von hohem Wert. Möge Gott unsere Wege lenken.

Sextilis, Anno Domini 1302

Wir konnten die Mameluken umgehen, doch der Sturm schmetterte unser Schiff an die Küste der Insel Rhodos. Zum Glück blieb der Schatz unbeschädigt. Wir verbargen ihn in einer Höhle. Doch neues Ungemach droht. Wir erhielten Kunde, wonach die Auseinandersetzungen zwischen unserem Orden und dem König von Frankreich zunehmen. Da wir die Gründe nicht kennen, haben wir beschlossen, vorerst nicht mit dem Schatz in die Heimat zurückzukehren.

Februarius, Anno Domini 1304

Die Lehren des Weisen erfüllen unsere Seelen mit neuem Mut und neuer Tatkraft. Seine Erzählungen und Gleichnisse sind denen des Messias gleich! Er ist unser neuer Führer. Wir vertrauen ihm unser Leben an. Unser Blut und unsere Seelen.

November, Anno Domini 1308

Wir erhielten Kunde, wonach unsere Brüder in Frankreich der Ketzerei und der Sodomie angeklagt wurden. Philipp IV. und Clemens V. scheinen es ernst zu meinen. Das Ende unseres stolzen Ordens ist nahe. Doch den uns anvertrauten Schatz sollen die Gierschlünde nicht bekommen. Er ist nicht mehr sicher auf der Insel. Die Hospitaliter breiten sich mehr und mehr aus. Sie unterstehen direkt dem Papst, welcher ein Feind unseres Ordens, der Armen Ritterschaft Christ und des Salomonischen Tempels zu Jerusalem ist. Wir können den Hospitalitern, obgleich Brüder im Geiste, nicht vertrauen. Wir brachten den Schatz auf eine neue Insel. Ein Ort, geschützt durch einen Schlüssel in Form eines Kreuzes. Ein jeder von uns wird ein Bruchstück des Schlüssels an sich nehmen. Wir werden ausziehen und Gutes tun, so wie es uns der Weise lehrte. Ich werde meine Gefährten vermutlich für sehr lange Zeit nicht mehr wiedersehen. Gott beschütze uns.

Maius, Anno Domini 1366

Mein Kampf gegen die Venezianer ist zu Ende. Ich muss zu meiner Schande gestehen, dass ich obsiegt wurde. Die Schurken der Serenissima haben Kreta unter ihre Kontrolle gebracht und den Widerstand gebrochen. Ich bin einer der wenigen Überlebenden, und ohne den Segen des Weisen hätte auch ich die Nacht nicht überstanden. Meine Schule in Candia wurde überrannt. Nur mithilfe der Wege durch das Immaterium konnte ich fliehen. Ich weiß nicht, was mit den Lehrern und Schülern geschah. Ich muss das Schlimmste annehmen.
Ich habe mich ins Kloster zurückgezogen, um meine Wunden zu lecken und für meine Verfehlungen Buße zu tun. Es wird lange dauern, bis sich eine neue Gelegenheit ergibt, die Tyrannen zu vertreiben.

Iunius, Anno Domini 1453

Byzanz ist gefallen. Die Kunde erreichte mich am Morgen. Sie verbreitet sich wie ein Sturm. Zwei Monde wurde die Prächtige vom Sultan des Osmanenreiches belagert. Als die Türken die Stadtmauern überwanden, sollen sie ein Blutbad angerichtet haben, wurde mir berichtet. Ich weiß nicht, welche Bedeutung dieses Ereignis haben wird. Aber das Oströmische Reich scheint damit tosend untergegangen zu sein. Erneut wurde ein leuchtende Fackel der Zivilisation von den Ungläubigen ausgetreten. So wie damals, als wir aus dem Heiligen Land vertrieben wurden.

Quintilis, Anno Domini 1460

Es beglückt mein Herz, dass so viele Byzantiner den Weg nach Kreta gefunden haben. Die Insel blüht auf, obwohl die Venezianer nach wie vor mit eiserner Faust über die Menschen herrschen. Doch der Widerstand gegen die Ungerechtigkeit wächst. Ich nutze meine geheimen Wege durch das Immaterium, um Candia heimlich zu betreten und für unsere Sache zu kämpfen.

Aprilis, Anno Domini 1524 (letzter Eintrag)

Ich wage es kaum noch, die Pfade durch das Immaterium zu betreten. Sie erscheinen mir dunkler und gefährlicher als je zuvor. Als ob sich der Kosmos selbst auf ein Ereignis von gewaltiger Tragweite vorbereite. Etwas scheint Notiz von mir genommen zu haben. Ein Schatten, der mich auf meinen Wegen durch die Dunkelheit begleitet. Ein unheimlicher Verfolger. Nur meine heilige Kerze vermag ihn abzuhalten. Möge sie niemals erlöschen auf meinen Pfaden. Ich wage mir nicht auszudenken, was passieren würde. Das Geschöpf, das mich verfolgt, könnte in unsere Welt gelangen. Eine Bestie aus der Zeit der Heroen.

NVXKOBI
A
Ω

P
i
SEVTA
C

MIXΩCR

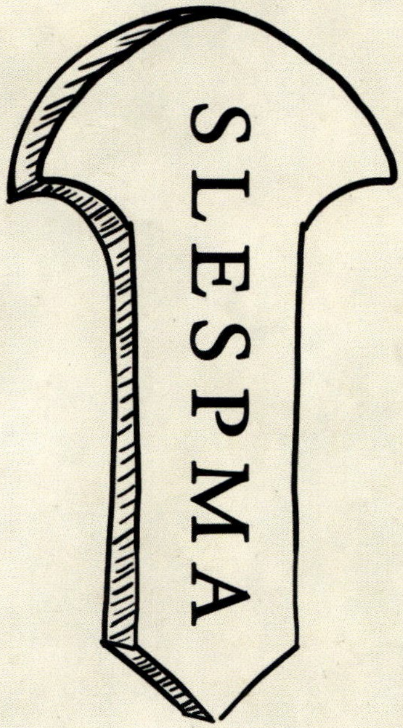
SLESPMA

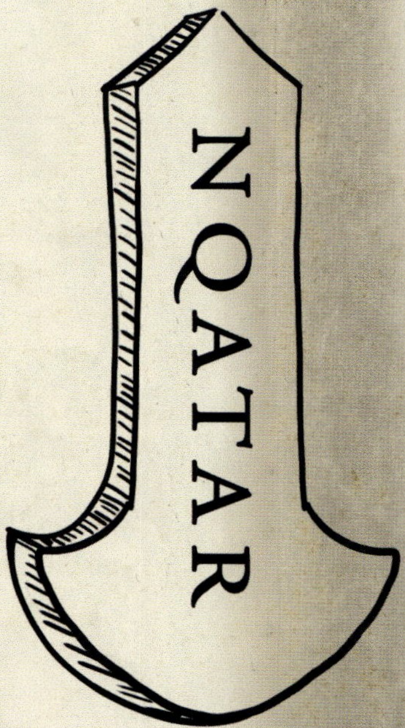
NQATAR